十月红

流云◎著

贵州出版集团
贵州人民出版社

图书在版编目（CIP）数据

十月红 / 流云著. -- 贵阳 : 贵州人民出版社,
2022.12
ISBN 978-7-221-17610-3

Ⅰ. ①十… Ⅱ. ①流… Ⅲ. ①诗集 – 中国 – 当代
Ⅳ. ①I227

中国版本图书馆CIP数据核字(2022)第244189号

十月红

SHI YUE HONG

流　云　／著

责任编辑　黄蕙心　刘旭芳
装帧设计　陈　电
出版发行　贵州出版集团　贵州人民出版社
地　　址　贵州省贵阳市观山湖区会展东路SOHO办公区A座
邮　　编　550081
印　　刷　深圳市新联美术印刷有限公司
规　　格　720mm × 1000mm　1/16
字　　数　100千字
印　　张　15
版　　次　2022年12月第1版
印　　次　2022年12月第1次印刷
书　　号　ISBN 978-7-221-17610-3
定　　价　68.00元

国庆日寄语

要珍惜和感恩当下所拥有的一切。

2022 年 10 月 1 日

目　录

我　们

——庆祝中华人民共和国成立 73 周年

中华民族几千年，灿烂辉煌看今天。
国泰民安风雨顺，繁荣昌盛扬高帆。
纵然虎狼和妖孽，大道之行挽狂澜。
前车可鉴昭吾辈，踔厉奋发永向前。

2022 年 10 月 1 日

我和我的祖国

金秋十月最感动，祖国母亲又庆生。
千锤百炼经风雨，万里山河万里情。
红旗飘飘书画卷，丰收沃野凯歌声。
风雷激荡响五洲，炎黄百姓颂太平。

2022 年 10 月 1 日

丰碑屹立

战旗飘飘舞东风，七十三岁启新程。
神舟十四通天外，长江黄河两条龙。
“一带一路”亲五洲，复兴大业中国梦。
人类命运共同体，高歌猛进东方红。

2022 年 10 月 1 日

来自天安门广场上的一道彩虹

三岁小孩童，红旗拿手中。

满脸涂油彩，节日绘彩虹。

2022 年 10 月 1 日

十月红

又是一年红柿子

压弯了枝头压弯了腰，
引来了鸟儿叽叽喳喳叫。
红红的脸蛋儿迎着太阳笑，
火火的精气神儿追着风儿跑。

2022 年 10 月 1 日

秋　荷

一池十里香，千层花衣裳。

残骨傲红尘，浩气待风霜。

2022 年 10 月 1 日

雨中西海即景

——再力花

枝头紫云霞，细雨薄如纱。

亭亭水中立，难负美韶华。

2022 年 10 月 2 日

秋天的锦绣川

丰收一幅画，颗粒进万家。

亲口黄土地，我娘叫中华。

2022 年 10 月 2 日

国庆的西海　祥和的北京

残荷斑斓柳丝青，天光云影细雨蒙。
锦鲤跃然翻碧波，几只野鸭闹欢腾。
四岁小囡一曲舞，歌声响起老顽童。
五星红旗染秋色，白烟生处暖融融。

2022 年 10 月 2 日

老北京人家迎国庆

我家住在小胡同，年年今日是风景。
五星红旗门前挂，欢声笑语盈院庭。
硕大葫芦爬满墙，枝头柿子逗秋虫。
锅碗瓢盆交响曲，烧水剁肉磨刀声。

2022 年 10 月 2 日

十月红

走在北清路上

白雾漫山顶，不见凤凰岭。

前路万里远，心中好风景。

2022 年 10 月 3 日

路遇七王坟

妙峰山前秋光照，往事随风入云霄。
纵然当年铁帽子，今天还有谁知道？

2022 年 10 月 3 日

来自七王坟前的遐思

老宅原是七王家，如今只剩破砖瓦。
从来无事不“九思”，铁帽子王斗戏法。

2022 年 10 月 3 日

山里红

从不强出头，默默自风流。
难为春光客，只等这一秋。

2022 年 10 月 3 日

插　云

小小牵牛花，娇艳吐芳华。

十月秋光里，唯独最爱她。

2022 年 10 月 3 日

壬寅重阳节前夕自示

重阳又到想我娘，我娘已经在天上。
人间此日问寒暖，天上也要添衣裳。

2022 年 10 月 3 日

娘的老物件

一早给娘上炷香，我知今天是重阳。
昨日北风呼啸雨，已见菊花染白霜。
孙儿端坐读闲书，燕子离巢到南方。
思绪飞出九天外，墙上葫芦留念想。

2022 年 10 月 4 日

致敬壬寅重阳

一场秋雨一场寒，一场秋风添衣衫。
晴空万里秋光照，层峦叠嶂菊花山。
此时最是山楂红，不及白发老笑脸。
健步如飞登高处，夕阳能比朝霞灿。

2022 年 10 月 4 日

一个百岁农村老人的重阳节

庭前老树过百年，枝繁叶茂果子甜。
以前青枝怕孩偷，今日满地遭人嫌。
因为现在生活好，样样都有吃不完。
儿孙绕膝赏菊花，心中盛开艳阳天。

2022 年 10 月 4 日

秋栗香

从不争艳花枝俏，默默无闻乐逍遥。

独处深山无人知，只等一日开口笑。

2022 年 10 月 4 日

北京后花园

风光独好白虎涧，亿万年前火焰山。

秋色夺目斑斓处，一枝黄栌刺破天。

2022 年 10 月 5 日

走进白虎涧

眼观六路摘云彩，耳听八方踏歌来。
豪气干云赛白虎，徒手攀岩登天台。

2022 年 10 月 5 日

追光者

风雨雷电亿万载，鬼斧神工如战排。
几人能有通天志，白虎涧上打擂台。

2022 年 10 月 5 日

乘地铁的女油工

辛苦一天累，涂料洒满身。

地铁找个座，转眼已酣睡。

2022 年 10 月 6 日

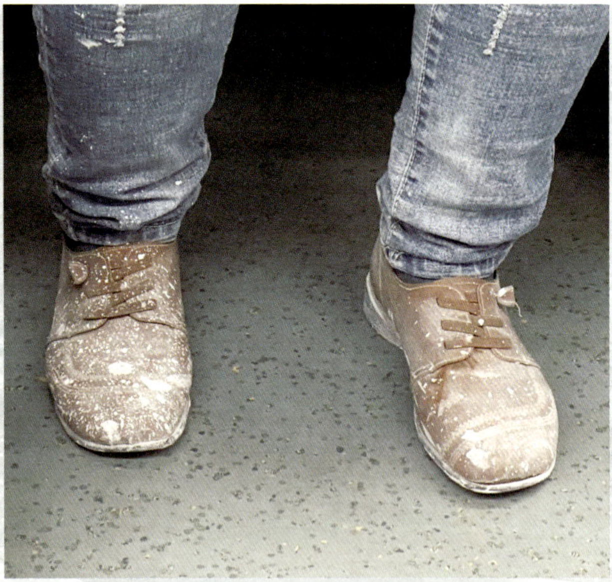

一卷永镇

红日直上玉皇顶，青春脚步最从容。
前路如歌挥巨手，铁肩道义扛大鼎。

2022 年 10 月 7 日

山大王

山中野猫赛老虎，威风凛凛挡人路。
敢问客家哪里来，可知大王在此处？

2022 年 10 月 7 日

京西散记

遥见天外一柱峰，青云直上半山亭。
淡然置身狮子窝，悠闲回望红叶岭。

2022 年 10 月 7 日

西　界

看破不说破，只当没来过。
何方大神仙，走在狮子窝？

2022 年 10 月 7 日

地 盘

一只大花猫，山中弄风骚。
能使鼠推磨，不问天多高。

2022 年 10 月 7 日

站在西山望北京

站在西山望北京，天安门上国旗红。
太行秋色八百里，巍巍燕山壮东风。
云白天高彩练舞，大雁结成人字形。
一画天开九州春，长城内外万家灯。

2022 年 10 月 7 日

喜
以
为

红色海洋

黑色眼睛明又亮，黄色皮肤志刚强。

能入虎穴得虎子，无限风光看东方。

2022 年 10 月 7 日

走进宋庄

日落西山又东方，月上高楼等太阳。

心中装个七色塔，何时使我得愿望？

2022 年 10 月 7 日

壬寅寒露寄语

心中常明一盏灯，脚下勿忘赶路程。

寒来暑往天公事，人生沃野自己耕。

2022 年 10 月 8 日

秋海棠

百果已入仓，任我放光芒。
晨时一滴雨，入夜疗悲伤。

2022 年 10 月 8 日

水栒子

能使秋实赛春光，小家碧玉也疯狂。

张口难辞东风意，闭目已使来日长。

2022 年 10 月 8 日

草根姐的人生

独占西山称大王，原来草编手艺强。
巧夺天工翻云雨，转眼一对金凤凰。

2022 年 10 月 8 日

以为是

又见一只猫，独占半山坳。
眼中无老鼠，失职还骄傲。

2022 年 10 月 8 日

盘山路上骑行人

人生道路万千条，难知哪里是最好。

红叶烂漫不入眼，归途自然比天高。

2022 年 10 月 8 日

十月的睡莲

蜻蜓不见了，青蛙也跑了。

秋风走过来，等着你拥抱。

2022 年 10 月 8 日

街头晨会

铁骑队员斗志强，转身又要上战场。

千家万户有召唤，哪顾自己饿断肠。

2022 年 10 月 9 日

拾　秋

两个老大娘，低头一阵忙。

白发虽苍苍，胜过银杏黄。

2022 年 10 月 9 日

三匹马

铁蹄踏疆场，大元曾辉煌。

今天无战事，守护老城墙。

2022 年 10 月 9 日

弄　秋

护城河上柳风吹，一曲更比一曲美。
蓝天使者不寂寞，白云送来万千吻。

2022 年 10 月 9 日

花猫的故事

春日已见君子笑，十月凌霄还妖娆。

爬墙隔窗偷情乐，灯影摇曳喵喵喵。

2022 年 10 月 9 日

红 秋

海棠花溪添一景，银发老人起歌声。
青春洋溢扇子舞，红红火火好心情。
儿孙满堂享天年，幸福生活闪明灯。
京城处处秋光艳，喜气洋洋庆繁荣。

2022 年 10 月 9 日

三棵杨

脚下一方田，昂首万里天。
老干经沧桑，依然是少年。

2022 年 10 月 9 日

寒　秋

街头游商水果摊，迎风站立等客来。
掰着指头过日子，家中孩子要吃奶。

2022 年 10 月 9 日

灵山秋雪

京西最早一场雪，山里人家已入冬。

霜花染处秋色短，枫叶赛过残阳红。

2022 年 10 月 9 日

十月红

山楂树上的蓝月亮

姐姐今夜巧梳妆，偷个闲儿会情郎。

秋风拂袖好说话，柔肠百转到天亮。

2022 年 10 月 9 日

赶路人

今天加班又是忙，夜半还在地铁上。

早出晚归为工作，忘了孩子啥模样。

2022 年 10 月 9 日

明心见性

围炉煮香茗，秋风敲窗棂。

谁与风对话，孙儿啼哭声。

2022 年 10 月 9 日

江山如此多娇

锦绣河山十月秋，大江南北庆丰收。
红霞飞雨漫沃野，寒霜凝露锁清柔。
神州儿女谱新曲，阔步高楼数风流。
鲜花美酒共明月，幸福喜上眉梢头。

2022 年 10 月 10 日

一个人的乐队

滥竽难充数，独自斗秋风。
曲高不和寡，忠实俩观众。

2022 年 10 月 10 日

秋天的麻雀

一个大家族，从来不孤独。
同声唱欢歌，成群结队舞。

2022 年 10 月 10 日

潭柘寺的深秋

千年名刹老青松，金秋十月柿子红。
三洲感应一炷香，几个和尚在打钟。

2022 年 10 月 10 日

忘情水

今夜有个红月亮，月亮是个好姑娘。
月亮今夜会情郎，见到情郎红脸庞。
情郎最爱好姑娘，天天守着红月亮。
多情多义红月亮，天长地久爱情郎。

2022 年 10 月 10 日

东　堤

一孔之见西山远，昆明湖水碧连天。
秋风拂袖爱晚柳，绣漪桥畔野鸭欢。

2022 年 10 月 11 日

内　卷

两只小鹦鹉，笼中常比武。

规则不明确，谁也不服输。

2022 年 10 月 11 日

老杨头的养鸡生活

五只鸭子七只鸡，哼着小调唱个曲。

七十老汉精神好，干起活来有力气。

2022 年 10 月 11 日

咏地瓜

生来喜欢把根扎，偷偷摸摸开白花。

忽然一夜霜降至，满地打滚找妈妈。

2022 年 10 月 11 日

南　瓜

月光夏夜爬满架，秋后个个顶呱呱。
大的气粗朝天吼，小的低头羞答答。

2022 年 10 月 11 日

致敬小区守夜人

彻夜一盏灯，坚守到天明。

寒冬战北风，炎夏抗蚊虫。

2022 年 10 月 11 日

咏鬼子姜

房前屋后鬼子姜，从不高调争荣光。
能抗风沙耐干旱，盐碱荒地默默长。
一朝迎春黄花开，娇艳无比胜烈阳。
难登大雅肯容物，小菜一碟饭口香。

2022 年 10 月 11 日

十月红

写给十七孔桥

金光穿洞狮子吼，谁在当歌唱晚秋？
反弹琵琶不遮面，百姓点灯骂王侯。

2022 年 10 月 11 日

深秋的旋律

一年一度着盛装，华丽登场书辉煌。
银杏大道闪光辉，枫叶红遍赛胡杨。
戈壁沙漠骆驼肥，草原森林牛羊壮。
谁使画笔万里舞，山河处处涂金黄。

2022 年 10 月 12 日

SHI YUE HONG
十月红

写给北京城市副中心

幽幽古运河，壮美新通州。

大笔书画卷，千年数风流。

2022 年 10 月 12 日

燃灯塔

——北运河上的绝唱

波光映倒影，千年听涛声。

王朝多兴替，民心一盏灯。

2022 年 10 月 12 日

大运河上钓鱼翁

老家原在通州城，如今新貌分不清。

垂钓不为鱼儿来，换换心情赏秋风。

2022 年 10 月 12 日

心　态

又见两只小鹦鹉，叽叽喳喳说幸福。

不去外面经风雨，笼中自然成乐土。

2022 年 10 月 12 日

秋天的礼赞

——致北京城市副中心

美丽大运河，通州唱赞歌。

鱼儿腾细浪，清风扬碧波。

春天花盛开，秋日结硕果。

高楼立两岸，新区马路阔。

环球影城里，老少正欢乐。

盛世百业兴，百姓好生活。

千年燃灯塔，辉光红胜火。

城市副中心，昂首从头越。

2022 年 10 月 12 日

返璞归真

一池清瘦干莲蓬，霜后胜于六月红。

再无蜻蜓惹烦恼，诚心诚意唤东风。

2022 年 10 月 12 日

天安门的见证

十里长街沐秋风，心潮澎湃万年红。

举国欢欣庆丰收，乘风破浪展新程。

2022 年 10 月 13 日

领　航

还看今朝数风流，自信击水放歌喉。
共同富裕大国策，人民至上定千秋。

2022 年 10 月 13 日

人民情怀

一朝立大愿，终生系百姓。
吾将已无我，赤诚丹心红。
车间聊闲话，社区问民情。
乡村地头上，总有你身影。

2022 年 10 月 13 日

胸怀天下

血雨腥风耳边过，闲庭信步任雷霆。

山河壮美永春色，东方巨龙击长空。

2022 年 10 月 14 日

正道沧桑

天下为公铸辉煌，朗朗乾坤看东方。

中华民族担道义，从不负心愧炎黄。

2022 年 10 月 14 日

献给伟大的时代

杜甫秋兴曾八首，我辈自然比他强。
社会主义新天地，各行各业诗千行。

2022 年 10 月 14 日

枫叶正红

披荆斩棘百年功，雄心壮志敲大钟。

巨幕又开惊世界，浩浩荡荡舞东风。

2022 年 10 月 14 日

红旗飘飘

亿万儿女志坚定，肩负中华民族梦。
铁血丹心担大任，一年更比一年红。

2022 年 10 月 14 日

致敬小区环卫工

从早到晚忙不停，片片纸屑拾干净。

离开家乡已数载，六十老翁爱北京。

2022 年 10 月 15 日

喜乐人生

人间美味烧大鹅，十三陵前小酒喝。
叽叽喳喳喜鹊叫，柿子树上唱欢歌。

2022 年 10 月 15 日

致敬十三陵守陵人

山中小野花，长在柿树下。

头顶一片天，默默吐芳华。

2022 年 10 月 15 日

庆陵村老宋

美丽乡村是我家，天天心里乐开花。
通透洒脱人不老，春风笑对灰白发。

2022 年 10 月 15 日

龙山四友

秋风不觉冷，松下品香茗。

人在半山处，云卧十三陵。

2022 年 10 月 15 日

游十三陵抒怀

苍松掩映十三陵，龙山虎峪抱太平。
社稷一统安天下，春秋大梦展峥嵘。

2022 年 10 月 15 日

秋天的蒲公英

无意留倩影，芳心照花容。

落英散尽后，凄美逗秋声。

2022 年 10 月 15 日

秋天的苦丁香

苦得无理由，香气悄然收。

枝头已红黄，一束写春秋。

2022 年 10 月 15 日

亲爱的忍冬

一枝艳露凝香种，三世生来只为情。

心猿意马芳心开，秋光十月枝头红。

2022 年 10 月 15 日

十月红
SHI YUE HONG

十月的北京

燕山连太行，长城新模样。

海天成一色，红日耀东方。

2022 年 10 月 15 日

游蟒山

一鼓作气登极顶，万里画卷万里红。

遥见山民打柿子，放歌走在十三陵。

2022 年 10 月 15 日

苹果红了

燕山雪花大如席，昌平苹果脆过梨。

老唐种了七十亩，丰收喜悦埋心底。

2022 年 10 月 15 日

小菜园

白菜绿油油，青葱把地头。

农家丰收乐，最喜是晚秋。

2022 年 10 月 15 日

三人成虎

偶见一口井，喊话有回声。
游山不知深，或许藏妖精。

2022 年 10 月 15 日

笃　定

十三陵上老青松，岁月静好笑对风。

悠悠放歌四百年，淡然自若亦从容。

2022 年 10 月 15 日

涅 槃

青芽细雨春三月，落花无声又一秋。
枯枝败叶入泥土，山鸡飞到树梢头。

2022 年 10 月 15 日

蟒山壮怀

秋色扯风帆，万山已斑斓。

长城收眼底，胸中得大千。

2022 年 10 月 15 日

让世界一起见证

金秋十月壮东风，雄师劲旅起歌声。
前路漫漫踏脚下，洪流滚滚任涛涌。
丹心碧血洒一处，大道之行为百姓。
民族复兴千秋业，铁肩正义万年红。

2022 年 10 月 16 日

红石榴

儿时最爱红石榴，天天嘴馋盼着秋。

奶奶给我摘一个，让我小心放衣兜。

2022 年 10 月 16 日

皂景园

古老皂角三百年，驱邪避灾保平安。

若是有缘许愿望，一树一花一青天。

2022 年 10 月 17 日

长安街上骑行人

黎明踏征程，向着东方红。

寒秋不知冷，淡定亦从容。

2022 年 10 月 17 日

打铁还要自身硬

用尽万般功，始见炉火红。
没有青山在，如何唤东风？

2022 年 10 月 18 日

圆明园罹难 162 周年纪念日祭

不知该哭还是笑，长河滚滚起波涛。
苦难民族积贫弱，英法联军举大刀。
璀璨明珠成废墟，一个王朝被火烧。
凤凰涅槃心头泪，喜见重生新面貌。

2022 年 10 月 18 日

圆明园罹难162周年纪念日游园记

修建一百五十年，毁于一旦罪滔天。

游人争看西洋楼，少见有谁说苦难。

2022年10月18日

十月的鉴碧亭

三面残荷四面柳，一池锦鲤半月钩。
风吹白云弄长笛，声声入耳唱晚秋。

2022 年 10 月 18 日

来自大水法前的沉思

残垣断壁不说话，满腔怒火恨交加。
伤痕累累成过往，雪耻要靠你我他。
漫漫长夜驱虎豹，民族热血燃红霞。
一朝巨龙强脊梁，再无顽猴把泼撒。

2022 年 10 月 18 日

圆明园的黑天鹅

祥和过生活，一年孵一窝。
此处已安家，携儿放高歌。

2022 年 10 月 18 日

勿忘国耻

曾经黑夜无光明，一把大火锥心痛。
万园之园化灰烬，列强群殴要威风。
赔款割地遭凌辱，封建王朝太无能。
中华崛起千秋业，吾辈阔步谋复兴。

2022 年 10 月 18 日

涵　秋

不见花儿红，飘来干莲蓬。
几只小鸳鸯，逐浪斗鸣中。

2022 年 10 月 18 日

游福海感怀

福海荡轻舟，秋光一眼收。

百姓开心处，不再属王侯。

2022 年 10 月 18 日

罹难纪念日的圆明园

十月正是秋光艳，游人如织圆明园。
鉴碧亭上留倩影，春泽斋前赏斑斓。
福海深处问残荷，大水法处说苦难。
展诗应律奏合唱，海岳开襟舞大千。

2022 年 10 月 18 日

福
新綠漲添浣葛處

秋　恋

叶落一地黄，归处诉情伤。
曾经牵我手，今日去何方？

2022 年 10 月 18 日

晚秋咏柳

风吹摇曳弄酥手，含情脉脉惹千愁。
君子好逑寻佳人，怀抱一个冷清秋。

2022 年 10 月 18 日

枉凝眉

一缕秋光暖暖阳，一地秋叶美美黄。
一枝一果叹秋尽，一颦一笑秋姑娘。

2022 年 10 月 19 日

又是一个秋

人老总爱忆少年，情窦初开掠心田。
风花雪月一箩筐，梦里游走三千年。

2022 年 10 月 19 日

致敬园林绿化工

长安街上一风景，绿树成荫露花浓。

浇水剪枝身手健，秋光偏爱老园丁。

2022 年 10 月 19 日

遇见自己

夕阳余晖下，晚霞架金桥。

心无一丝念，天有三尺高。

2022 年 10 月 19 日

黎明的红旗

滚滚巨轮迎朝霞，万里山河披彩纱。
祖国正是秋光好，雄心万丈再出发。

2022 年 10 月 20 日

百姓心中的你

坦坦荡荡走前列，青松翠柏志高洁。
心底无私天地宽，一正方能压百邪。

2022 年 10 月 20 日

壬寅金秋题记西山元宝枫

一树天开动秋容，十方云散起掌声。
根深叶茂立大地，朗朗乾坤系苍生。

2022 年 10 月 20 日

国风静巷

北京老胡同，秋光送和风。
红旗劲招展，太平享安宁。
房前与屋后，整洁又干净。
出行很方便，公厕讲卫生。
街坊邻居好，互相有照应。
几个老大爷，专心对弈中。
来段样板戏，扯嗓喊高声。
开裆娃儿闹，猫狗在争宠。
门口理个发，八元不用等。
年年祈洪福，吉祥贴窗棂。

2022 年 10 月 20 日

SHI YUE HONG

十月红

城市的脚步

浩浩荡荡如行军，匆匆忙忙赶路人。

大包小包挎肩上，手机一刻不离身。

2022 年 10 月 20 日

什刹海的朦胧

荷花市场入秋梦，往日喧嚣去无踪。

防疫大政严遵守，小巷酒吧已安宁。

2022 年 10 月 20 日

人民的心声

巧手织新景，豪迈放歌行。

辽阔康庄路，一起踏征程。

2022 年 10 月 20 日

我爱北京站

六十三年风雨情，多少离别和叮咛。
亲人招手送站台，一车更比一车浓。

2022 年 10 月 20 日

注：1959 年 9 月 14 日 新中国北京火车站落成

钟鼓楼上的鸽子哨

送走晚霞迎朝阳，秋光秋韵齐歌唱。
花样冲浪翩翩舞，醉倒一群老街坊。

2022 年 10 月 21 日

漫步在中轴线上

择中立国永定门，滚滚而来到奥森。
轰轰烈烈七百年，人民至上定乾坤。

2022 年 10 月 21 日

老北京人的趣事

你家住在老城墙，我家住在老城墙。

搬块老砖当板凳，坐在上面拉家常。

2022 年 10 月 22 日

致敬共产党人

红日送我上战场，万丈光芒照四方。
气贯长虹举旗帜，使命责任扛肩膀。
热血沸腾展宏图，冲天号角立大纲。
人民重托如泰山，铁血丹心做脊梁。

2022 年 10 月 22 日

秋上居庸关

山色苍茫秋意凉，五彩红叶漫八荒。
巍巍燕塞烽火台，缕缕狼烟数沧桑。

2022 年 10 月 22 日

天下第一雄关

——游居庸关感怀

万里长城舞东风，壮美河山书豪情。

红旗漫卷西风烈，雄狮百万守太平。

2022 年 10 月 22 日

蓝天献瑞

八达岭上一片云，若隐若现似龙鳞。
气势如虹向天外，护佑华夏好儿孙。

2022 年 10 月 22 日

红色江山

雄心满怀登长城，漫山红叶伴我行。
冰心可鉴昭日月，中华民族谋复兴。

2022 年 10 月 22 日

我站在高高的八达岭

一路欢歌迎北风，驱车直上八达岭。
放眼望去新世界，万里长空抒豪情。
塞外金秋真豪迈，彩练起舞烂漫红。
松涛激荡壮心怀，远山正是黛色浓。

2022 年 10 月 22 日

塞上白杨

坚韧挺拔傲寒霜，顶天立地有力量。

日日夜夜尽职责，我为长城站好岗。

2022 年 10 月 22 日

海坨山即景

一望无际赭色红，群群雁鸣排长空。

万众一心向未来，层峦叠嶂秋点兵。

2022 年 10 月 22 日

南口小憩

燕山南口起大风，紫霞直上青水顶。
太行秋色八百里，不及此处柿子红。

2022 年 10 月 22 日

安　居

枝头花喜鹊，欢喜唱山歌。
蓝天好为伴，长城做个窝。

2022 年 10 月 22 日

南口偶遇

一只小土蜂，嗡嗡嗡嗡嗡。

离巢独自来，追风赏秋景。

2022 年 10 月 22 日

爬山虎

从来不炫耀，默默领风骚。
一日斗秋霜，独占万山俏。

2022 年 10 月 22 日

初　恋

深秋最爱是黄栌，一枝一叶入骨酥。

想起你的红脸蛋，魂牵梦绕千百度。

2022 年 10 月 22 日

准　绳

有了定盘星，方向自然明。

纵然重千钧，手中一杆秤。

2022 年 10 月 23 日

远　方

盖房起脊梁，行船要稳当。

放上压舱石，任由大风浪。

2022 年 10 月 23 日

信　念

把好方向盘，何虑万里远。
只要志坚定，不怕上刀山。

2022 年 10 月 23 日

领头雁

齐心协力乘东风，长空万里好队形。

星辰大海落羽下，红日喷薄照征程。

2022 年 10 月 23 日

启 航

今天定了大方向，众志成城心里亮。

因为有了指南针，行稳致远不偏航。

2022 年 10 月 23 日

冲锋号

英雄豪杰气如钢，誓死不屈往前上。

我以我血荐轩辕，无愧儿女和爹娘。

2022 年 10 月 23 日

我们一起出发

深秋宣誓言，十月碧空蓝。

心中有准绳，坚定执信念。

征途在远方，众望领头雁。

吹响冲锋号，赋诗绘画卷。

2022 年 10 月 23 日

我们走在大道上

十月金秋艳阳天，巍巍中华开大观。

红星闪闪金光道，百姓欢欣乐万年。

2022 年 10 月 23 日

从我做起

中华正复兴，人人见行动。
点点滴滴绿，汇成山河红。

2022 年 10 月 23 日

学习轮滑的孩子

一身好武装，妈妈爱意浓。

从小上战场，长大志气硬。

2022 年 10 月 23 日

擎天大柱

巍巍华夏巨轮鸣笛再启航，
悠悠东方战歌雄浑正嘹亮。
朗朗碧空初心勇毅荡涤埃，
冉冉红日豪情万丈放光芒。

2022 年 10 月 23 日

壬寅霜降日即事

万里晴空一片蓝，暖阳胜于五月天。
夺目景色迷人醉，疑似寒秋吓破胆。

2022 年 10 月 23 日

红风筝

手中一根线，任你万里远。

立下凌云志，雄心大过天。

2022 年 10 月 23 日

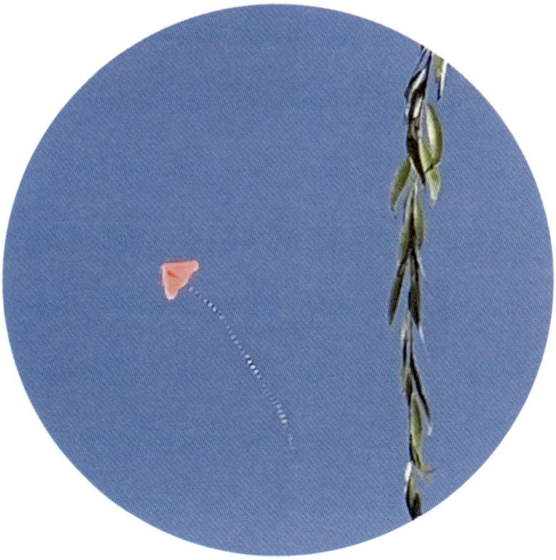

人见人爱

夜色朦朦胧，霜打柿子红。

有人摘几个，偷偷拿家中。

2022 年 10 月 23 日

十月红

翰墨春秋

三百多年老荣宝，金字招牌领风骚。

风风雨雨琉璃厂，文人墨客乐逍遥。

2022 年 10 月 24 日

狗尾巴草

默默难出头，霜后数风流。

春天花不艳，只能来争秋。

2022 年 10 月 24 日

跑酷少年

青春少年好儿郎，飞檐走壁身体壮。
从小立下雄心志，一个更比一个强。

2022 年 10 月 24 日

白　英

春天小白花，秋日一滴红。

攀藤不知累，只为望天空。

2022 年 10 月 24 日

心 灯

又是一年送寒衣，街头处处在烧纸。
火光照亮通天路，青烟缭绕寄相思。

2022 年 10 月 24 日

苍　松

高处不胜寒，总有风滋味。
坚定如磐石，才能历惊雷。

2022 年 10 月 25 日

深秋的思念

今天给娘上炷香，和娘唠嗑说家常。

儿子心头寒衣节，最难忘怀我的娘。

2022 年 10 月 25 日

香山赏秋

一望无际满山红，健步直上香炉峰。
喜鹊登枝喳喳叫，风头正劲老青松。

2022 年 10 月 25 日

金秋游奥森公园

高高兴兴合个影，百姓最爱秋意浓。
大人小孩欢声笑，幸福快乐赛春风。

2022 年 10 月 25 日

致敬北京环卫工人

环卫车上吃午餐，馒头白菜一顿饭。
为了首都市容美，自己再累心里甜。

2022 年 10 月 26 日

十月荷

横七竖八斜疏影，残枝只为来年生。
纵使蛮力发新绿，从此秋雨不多情。

2022 年 10 月 27 日

北京娃儿

今天体育场，明日上战场。

一颗红心亮，长大奔四方。

2022 年 10 月 27 日

道法自然

一跃三尺高，松鼠吃核桃。

小小机灵鬼，天天乐逍遥。

2022 年 10 月 27 日

老银杏

一叶知秋满地黄，大街小巷闪金光。
滚滚如涛从天来，北风呼号正疯狂。

2022 年 10 月 27 日

打秋草的老哥俩

哥哥今年六十六，弟弟今年五十九。

日工一天一百元，心满意足可糊口。

2022 年 10 月 27 日

秋　波

你追我赶嘎嘎嘎，挤眉弄眼调皮话。

海棠树下闹秋水，打情骂俏绿头鸭。

2022 年 10 月 27 日

老枣树

从来不逐春，何惧秋光迟。

枝头难见枣，或许更年期。

2022 年 10 月 27 日

秋天的远行

一抹秋色染宫墙，几只喜鹊闹未央。

宇宙银河为解忧，汉家女子着盛装。

2022 年 10 月 27 日

秋游大觉寺

秋日浪漫大觉寺，一树成林银杏黄。

山猫狂野飙性格，辽金古刹正朝阳。

2022 年 10 月 27 日

一往情深

北京深秋不看花，一树五彩斑斓色。

潺潺溪流无去意，有人河边打树叶。

2022 年 10 月 27 日

鸳鸯戏水

没有蝴蝶当向导，难分鸳鸯还是鸭。

领头一个是大白，糊里糊涂在干啥。

2022 年 10 月 27 日

等着你

一树红叶一树秋，深秋已在骨里头。

若问情缘何所去，来年春天更温柔。

2022 年 10 月 27 日

咏龙潭湖龙吟阁

一池残荷唱晚秋，亭台楼阁挽垂柳。
卧海蛟龙藏深潭，冲天长吟傲九州。

2022 年 10 月 27 日

寻　根

根植黄土地，初心永远红。

精神传承好，青天是百姓。

2022 年 10 月 27 日

希　望

——幼儿园的孩子们

爷爷奶奶接回家，蹦蹦跳跳去找妈。

漂漂亮亮姐妹花，有的还是小哥仨。

2022 年 10 月 28 日

老年舞蹈队

穿上华服迈开步，抖起精神挺胸脯。
欢欢乐乐跳支舞，拴个皮球当手鼓。

2022 年 10 月 28 日

走在钓鱼台银杏大道上

一场秋风透心凉，一地秋叶泛金黄。
一缕阳光眨眼睛，一只猫儿在爬墙。

2022 年 10 月 28 日

地坛公园游记

人山人海游地坛，胜似春节逛庙会。

高高兴兴拣红叶，三岁娃儿不知累。

2022 年 10 月 28 日

天坛公园的早晨

紫微星光映天台，万道红霞朵朵开。
鹊鸦争鸣唱金秋，松鼠抱着果实来。

2022 年 10 月 28 日

杨爷爷的幸福生活

两个孙儿闹翻天，虽然累点心里甜。

人生难得老来乐，开开心心过晚年。

2022 年 10 月 29 日

一对湖南夫妇在京郊小镇上

心灵手巧好裁缝，头上一盏明灯红。

勤劳致富二十载，养家糊口乐融融。

2022 年 10 月 29 日

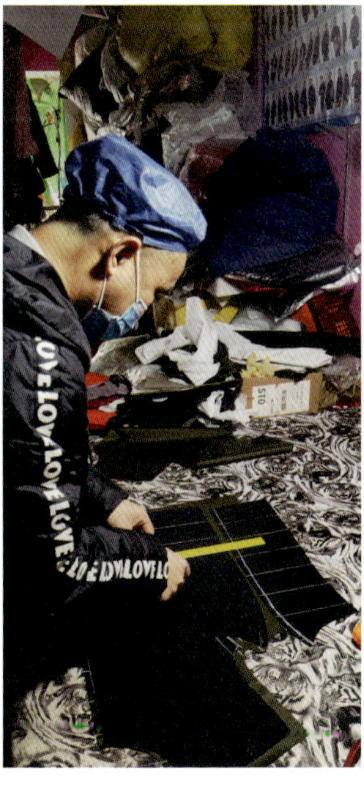

王老头的快意人生

手上打竹板，头顶红五星。

地摊小青菜，欢快唱卖声。

2022 年 10 月 29 日

来了您内

百年老店大铜锅，红红火火涮羊肉。

欢声笑语老街坊，热气腾腾爱这口。

2022 年 10 月 29 日

白杨沟的喜鹊

远行燕山顶，枝头闹秋风。

筑巢柿子树，只等一日红。

2022 年 10 月 29 日

喜 柿

山里柿子秋光好，等着下雪喂小鸟。

喜气盈盈灯笼红，老树枯枝领风骚。

2022 年 10 月 29 日

凤凰岭下老水塔

站岗五十年，今日一风景。

多少山泉水，装满心里红。

2022 年 10 月 29 日

写给西马坊村

军民共携手，双拥花更红。

美好康庄路，奋力谋振兴。

2022 年 10 月 29 日

流村的故事

驱车百里燕山行，处处都是柿子红。
敢问农家秋后事，老翁门前晒东风。

2022 年 10 月 29 日

京郊大集

一车白菜一车葱，满街都是吆喝声。
一堆南瓜一堆姜，绿莹莹的雪里蕻。
挑挑拣拣不厌烦，讨价还价笑脸迎。
微信付款结清账，高高兴兴回家中。

2022 年 10 月 29 日

红孩儿

哥哥名字叫小鹿，妹妹名字叫小猪。

无忧无虑正天真，指指点点看白兔。

2022 年 10 月 29 日

北大红楼

十月革命一声炮，百年长河数风流。

旭日冉冉照东方，红色序章开千秋。

2022 年 10 月 30 日

老碾子

悠悠岁月不了情，祖祖辈辈撵春风。

敲锣打鼓抬花轿，门前一串辣椒红。

2022 年 10 月 30 日

追秋者

登上好汉岩，浑身都是胆。

眼前千里风，脚下万仞山。

2022 年 10 月 30 日

游幽岚山风景区坡峰岭

阔步直上鹰嘴岩，秋色染透半个天。

遥见太行斑斓处，山里人家正炊烟。

2022 年 10 月 30 日

日上正阳门

车水马龙如涛声，争奇斗妍菊花红。
大千世界起惊雷，朗朗乾坤敲大钟。

2022 年 10 月 30 日

红十月

人间正道是沧桑，红旗高扬照乾坤。

滚滚洪流排浊浪，万卷华章唱昆仑。

2022 年 10 月 31 日

SHI YUE HONG

十月红